SALLE N. 3.

OBJETS D'ART

ET DE CURIOSITÉ

Exposition publique : Le Mercredi 25 Novembre 1874.

Me CHARLES PILLET,
COMMISSAIRE-PRISEUR,
10, rue de la Grange-Batelière.

M. CHARLES MANNHEIM,
EXPERT,
7, rue Saint-Georges.

CATALOGUE

D'UNE JOLIE RÉUNION

D'OBJETS D'ART

ET DE CURIOSITÉ

Chatelaine et Montres du temps de Louis XVI ;
Bijoux ; Orfévrerie ; Armes et Fers ouvrés ;
Faïences diverses ; Sculptures ;
Miniatures ; Meubles ; Bronzes ;
TABLEAUX et ETOFFES.

DONT LA VENTE AURA LIEU

HOTEL DROUOT, SALLE N° 3

Le Jeudi 26 Novembre 1874,

A DEUX HEURES.

Par le ministère de Mᵉ CHARLES PILLET, commissaire-priseur,
rue de la Grange-Batelière, 10,

Assisté de M. CHARLES MANNHEIM, Expert,
7, rue Saint-Georges,

Chez lesquels se distribue le présent Catalogue.

EXPOSITION PUBLIQUE : Le Mercredi 26 Novembre 1874,

DE UNE HEURE A CINQ HEURES

CONDITIONS DE LA VENTE

Elle sera faite au comptant.

Les adjudicataires payeront *cinq pour cent* en sus des enchères.

L'exposition mettant le public à même de se rendre compte de l'état des objets, il ne sera admis aucune réclamation une fois l'adjudication prononcée.

DÉSIGNATION DES OBJETS

BIJOUX

1 — Montre Louis XVI, en or ciselé et jargons.

2 — Montre Louis XVI, en or guilloché et à perles en relief.

3 — Montre en or émaillé bleu, avec entourage de demi-perles.

4 — Deux pendants d'oreilles en argent et roses.

5 — Deux longs pendants d'oreilles montés en argent et en or, ornés de roses et de topazes.

6 — Deux pendants d'oreilles en or et jargons.

7 — Paire de boutons de manchettes, en or et pierreries.

8 — Châtelaine Louis XVI, en or guilloché.

9 — Vingt-huit boutons en strass, dans un étui.

10 — Cafetière du temps de Louis XVI, en argent, ornée de festons de fleurs.

11 — Gobelet en cristal de roche, gravé et cannelé.

12 — Pot à eau Louis XV, en argent ciselé.

13 — Peinture sur émail, tête de femme.

14 — Carnet en argent gravé.

FERS & ARMES

15 — Deux petites grilles en fer forgé. Beau travail du XVI° siècle.

16 — Deux trépieds en fer forgé, à ornements.

17 — Écusson armorié en fer forgé, surmonté d'une fleur de lys.

18 — Serrure Louis XIII, en fer et cuivre gravé.

19 — Coffret en fer, à couvercle bombé et arêtes saillantes.

20 — Coffret de forme rectangulaire, en fer gravé.

21 — Deux grandes attaches en fer, formées chacune d'une salamandre.

22-25 — Huit épées à poignées variées de formes.

26-28 — Six hallebardes, de formes et d'époques variées.

29 — Paire de pistolets portant la signature de Lazarino.

30 — Petit pistolet analogue.

31 — Pistolet espagnol, garni en argent.

32 — Poignard circassien, garni en argent niellé.

33 — Poignard turc, avec manche en verre de Venise.

34 — Coffret rectangulaire en fer, à ornements découpés à jour. xv° siècle.

35 — Petit coffret carré en fer, gravé à l'eau-forte. xvi° s.

36 — Bourguignotte en fer gravé.

37 — Épée à poignée ciselée.

38 — Autre épée à garde, portant des traces de gravure.

39 — Masse d'armes en fer gravé.

40 — Kriss malais à virole d'or.

41 — Une gargoulette.

42 — Petit coffret en fer.

43 — Une serrure en fer.

44 — Pelle et pincettes.

OBJETS VARIÉS

45 — Grande fontaine applique, en forme de vase, à pans en faïence, décorée de sujets dans le style de Watteau en camaïeu bleu.

46 — Grande cruche en grès formée d'une figure de femme.

47 — Groupe en terre cuite du xvi° siècle. La Vierge et l'Enfant Jésus.

48 — Petit bas-relief en ivoire : la fuite en Égypte.

49-50 — Deux pipes en bois sculpté, à bustes et ornements. Époque Louis XIV.

51 — Miniature ronde sur ivoire. Vénus sortant du bain. Cadre en cuivre à perles et rubans.

52—53 — Cinq miniatures sur vélin ou sur ivoire. Portraits et sujets variés. Ce lot sera divisé.

54 — Bas-relief en pierre du xv⁰ siècle, représentant diverses scènes tirées de la vie de Jésus-Christ.

55 — Deux figures-appliques en bois sculpté, l'une d'elles
rehaussée de couleurs et d'or.

56 — Deux plaques en émail de Limoges, peintes en
émaux de couleurs. Scènes de la vie du Christ. Sei-
zième siècle.

57 — Plaque en émail de Limoges. Le Christ en croix, au
bas un écusson armorié.

58 — Bas-relief en terre cuite de forme rectangulaire.
Jeune femme et mouton.

59 — Deux socles en faïence.

60 — Deux beurriers en faïence.

61 — Ancienne vielle avec manche orné d'un petit buste
de femme.

62 — Mandoline formée d'une carapace de tortue.

63—64 — Deux autres mandolines.

65 — Lot de manches de couteaux divers. Quatorze pièces.

66 — Lot de couteaux-poignards. Quatorze pièces.

67 — Lot de couteaux et de fourchettes. Dix-neuf pièces.

68 — Autre lot de couteaux et de fourchettes. Neuf pièces.

69 — Plaque en faïence.

70 — Jardinière en faïence.

TABLEAUX

71 — Beau portrait de femme de la fin du xvı° siècle. Dans un cadre italien en bois sculpté.

72 — Portrait de Léonore de Tolède en riche costume du xvı° siècle, à large collerette.

73. — L'adoration des rois Mages. Tableau de la fin du xvı° siècle.

74. — Les saisons. Quatre grands panneaux décoratifs.

75. — Scène champêtre du xvıı° siècle. École française.

76 — Groupe de saints personnages debout. Aquarelle d'après Raphaël.

MEUBLES & BRONZES

77 — Grand cartel de style Louis XV, modèle rocaille et enfants en bronze doré.

78 — Deux appliques à deux lumières, de même travail.

79 — Grand cartel du temps de l'Empire, en forme de lyre en bronze doré.

80 — Grande pendule de même époque en bronze doré, sur socle en marbre vert de mer.

81 — Petite pendule Louis XVI en marbre blanc et bronzes dorés, avec colonnes en marbre bleu turquin.

82 — Pendule forme dite religieuse en marqueterie de cuivre, écaille et étain.

83 — Pendule en bois d'amaranthe et bronzes.

84 — Table Louis XV en bois sculpté.

85 — Coffre carré, en bois sculpté.

86 — Glace biseautée, avec cadre du temps de Louis XIV en bois sculpté surmonté d'une corbeille de fruits.

87 — Petit cabinet en cuir gaufré avec tiroirs plaqués d'ivoire gravé.

88 — Petite glace, avec cadre en bois doré.

89 — Quatre très-petits bustes en bronze.

90 — Deux cadres en bois sculpté et doré, l'un d'eux de forme ovale et l'autre carré.

91 — Table à rallonges en bois de noyer sculpté.

92 — Cartel en marqueterie.

93 — Quatre bras-appliques en bronze doré.

94 — Deux autres petits-bras Louis XVI.

95 — Deux anges en bois sculpté et doré.

96 — Paire de chenets en bronze.

ÉTOFFES

97 — Grande et belle bande d'étoffe lamée d'argent enrichie de vases de fleurs exécutés en corail. Travail italien du xvie siècle.

98 — Caparaçon en velours de Gênes. Deux morceaux.

99 — Grande bande de baldaquin en soie brochée. Époque Louis XIII.

100 — Robe en velours rouge gaufré.

101 — Devant d'autel brodé sur fond de jais blanc. Au centre l'agneau pascal.

102 — Trois coupons de soie variés de nuances.

103 — Deux grands morceaux d'ancienne frange à grille.

104 — Quatre pièces : Un gilet blanc, une écharpe en soie blanche, un morceau de soie imprimé à Lyon sous Louis XIII et un bonnet brodé en or.

105 — Costume espagnol complet, avec toque.

106 — Une tapisserie ancienne.

RED.:

20

graphicom

MIRE ISO N° 1
NF Z 43-007
AFNOR
Cedex 7 - 92080 PARIS-LA-DEFENSE

BIBLIOTHEQUE NATIONALE DE FRANCE

****

CHATEAU DE SABLE

1995